Francesco Ferraro

Pochi pensieri sulla febbre petecchiale

Antigonos

Francesco Ferraro

Pochi pensieri sulla febbre petecchiale

Ristampa immutata dell'edizione originale del 1839.

1ª edizione 2024 | ISBN: 978-3-38605-340-2

Antigonos Verlag è un marchio della Outlook Verlagsgesellschaft mbH.

Verlag (Editore): Outlook Verlag GmbH, Zeilweg 44, 60439 Frankfurt, Deutschland
Vertretungsberechtigt (Rappresentante autorizzato): E. Roepke, Zeilweg 44, 60439 Frankfurt, Deutschland
Druck (Tipografia): Libri Plureos GmbH, Friedensallee 273, 22763 Hamburg, Deutschland

POCHI PENSIERI

SULLA

FEBBRE PETECCHIALE

DEL DOTTOR

FRANCESCO FERRARA

MEDICO DELL'OSPEDALE DELLA CESAREA, DELLA MADDALENELLA DIPENDENZA DELLA S. R. CASA DEGL'INCURABILI, E DI ALTRI PUBBLICI STABILIMENTI; SOSTITUTO NELLA CATTEDRA DI STORIA MEDICA DELLA R. UNIVERSITA' DEGLI STUDI DI NAPOLI, SOCIO ONORARIO DELL'ACCADEMIA MEDICO-CHIRURGICA.

NAPOLI

STAMPERIA DELL'ANCORA

Vico de' Majorani num.° 43.

—

1839.

AVVERTIMENTO

Un libro senza dedica dicesi da alcuno essere come un uomo senza capo. Ma come fare quando nè l'opera merita una dedica, nè si ha cui dedicarla? E nel caso presente intitolar questa ad illustre uomo sarebbe ardimento inescusabile; a' miei maestri o superiori sarebbe un pretendere sdebitarsi con un nulla del moltissimo da me loro dovuto, e quindi diventerei un'ingrato e un incivile. Rimarrebbe alla gioventù medica; ma sarebbe inutile, perchè è stata per essi scritta, ed è perciò di loro dritto: vada dunque senza dedica, o ne faccia le veci cotesto avvertimento.

POCHI PENSIERI

SULLA

FEBBRE PETECCHIALE.

> .... Ea demum praxis, eaque sola aegris mortalibus feret, quae indicationes curativas ex ipsis morborum phaenomenis elicit; dein firmat experientia. Quibus gradibus magnus Hippocrates ad coelum ascendit. *Sydenham Epist: 1. Respons. Roberto Brody.*

Vᴏʟɢᴇᴠᴀ verso il suo termine l'anno 1837 e noi ad onta degl'immensi travagli, che il nostro ministero ci aveva fatto sostenere, illesi, la Dio mercè, eravamo dal funestissimo morbo, che la nostra famiglia, e la patria nostra carissima crudelmente percosso aveva; allorchè cominciammo ad osservare per la Città e nell' ospedale della Cesarea, nel quale abbiam l'onore di essere il più antico Professore, assai più frequentemente del solito informi di tifo nervoso: indi a poco osservammo de'casi di vera petecchiale, i quali si moltiplicarono gradatamente sino a formare verso la fine della primavera dell'anno seguente una vera epidemìa. Di cotesta malattia intendo ricordare a'giovani medici poche cose, onde tentare per quanto è in me di dileguare quelle incertezze, e quelle contraddizioni, per le quali mentre si può maltrattare la salute degl'infermi, si può ancora fare onta al nostro onorevole ministero, tanto spesso vilipeso, e non rade volte calunniato; e ciò solo perchè sovente dimenticasi dai medici, che l'unico scopo cui son chiamati, è la salvezza degl'infermi; che le scientifiche ricerche sui mezzi, onde meglio si possa da loro giungere a cotal fine, sono opera dello studio, e delle accademie, e che giammai recar debbono al letto degli ammalati, voglio dire nella pratica, cotali discettazioni; ma debbono unicamente in siffatta occasione tenersi stretti alla severa e spregiudicata osservazione. Sotto cotale aspetto vengono esposte le nostre idee dirette a richiamar l'animo dei giovani dalle astrazioni ai fatti, e sceverare se fia possibile nella cura di sì terribile morbo ciò che d'ipotesi, o d'incerto, da quello che di sicuro, o men dubbio s'incontra, acciochè, come dottamente dice l'illustre Tommasini nei preliminari alle sue lezioni di Fisiologia e Patologia, *niun pericolo loro si minaccia se una soda filosofia regola i loro passi, e se sappiano guardinghi distinguere le dottrine basate sul fatto, da quelle alle quali son miste supposizioni e congetture.* Descriveremo dunque il male, come ci si è mostrato; diremo il carattere che ne abbiamo stabilito, e la pruova fornitane dal metodo curativo adottato, seguendo così il sommentovato insegnamento del grande Sydenham: faremo poi tutto ciò con la rapidità, che si conviene a chi scrive a solo fine di giovare, e non per vana pompa di sapere, del quale confessiamo sinceramente essere ben poco forniti.

ARTICOLO PRIMO

DESCRIZIONE DELLA MALATTIA.

Qui non intendo dare la descrizione del male, quale si ritrova in tutti gli autori che ne hanno parlato, nè con quel metodo, chè in ciò offenderei i miei leggitori, e mi allontanerei dal fine che mi son proposto raggiugnere col presente lavoro, e cui ho di sopra espresso. Io dunque solamente intendo narrare i principali segni, e precisamente quelli osservati quasi costantemente nella epidemia in parola, ed eccoli: prostrazione delle forze, tremolìo delle membra, colore lurido del volto, e spesso con occhiaie livide, dolori vaghi ma forti nelle gambe, nelle braccia, nel petto, e talora nella gola da impedir la deglutizione senza visibile arrossimento, e ciò abbiam notato aver confermato quanto su tale oggetto han detto i Padri della Medicina in ordine ad alcune gravissime perniciose febbri: sovente cotesti dolori stringere il petto da rendere difficile la respirazione, e provocare continui profondi affligentissimi sospiri: polsi non raramente ne' primi giorni duri tesi vibranti, e bassi piccoli molli impercettibili nel prosieguo: lingua rossa secchissima, poche volte sporca, quasi sempre difficile a cacciarsi oltre la linea delle labbra: uscita delle petecchie non mai prima del quarto giorno, spesso verso il sesto, e non di rado nella seconda settimana. In pochissimi casi esse sono state confluenti, in uno quasi a strisce, e in un altro simulanti macchie scarlattinose, se ne avessero avuto gli altri sintomi; il loro colorito in poche volte è stato rosso scarlatto, e in queste con meraviglia spesso di esito infelice, ad onta del più refrigerante metodo curativo severamente e costantemente in tali casi serbato: il colore livido che si è andato di mano in mano rendendo rosco, è stato il solito, e con felice termine: ne' casi infausti o esse sono svanite, o divenute più larghe e nerastre : arsura interna, angoscia, impedimento della loquela per cagione quasi direi di tensione di alcuni muscoli della lingua, avvertendolo tante fiate, e lagnandosene i poveri ammalati, che era una compassione, un' afflizione di spirito; sopore con poca perdita del sentimento; in alcuni lieve delirio, vaniloqui: il mentovato tremito cangiato talora in fortissimo tremore ; in uno convulsioni violentissime con delirio furioso : è però da notarsi, che costui era forse un di quei giovani di corrotti costumi, e quasi starei per dire mezzo matti ; poichè dal primo giorno trovava il letto, i medicamenti, la servitù in somma tutto pessimo, tutto inadattato a'suoi bisogni; dotto in tutto ora diceva avere studiato Medicina, ora il Dritto; incontentabile poi anche se chiedeva da bere, non ostante le più dolci maniere che usato avessi, e che con tutta la premura richiesi che fossero impiegate dagli assistenti, conchiudeva il tutto con bestemmie orrendo e immodeste parole. Ciò poi ho detto per scoprire non già i falli di chi miseramente si morì, e del quale taccio il nome ; ma per mostrarlo assai ben disposto agli esaltamenti, o alle irritazioni, sia per temperamento, sia per abituale perversità di costumi. In due altri infermi si osservò sopore, dal quale risvegliati col chiamarli, e data qualche breve risposta, chiudevano nuovamente gli occhi come a placidissimo sonno, e ciò per lo lungo tratto in uno di 19, nel secondo di diciassette giorni: in altro perdita dell'udito riacquistato nella convalescenza: in un quarto perdita della vista prima in un occhio, e poi in ambedue ancora riavuta gradatamente nella fine del male.

Le risoluzioni del morbo per ventrali evacuazioni sono state rarissime, alcune per sudori, molte per diuresi, e spesso senza sensibili crisi: in moltissimi casi si è verificata la risoluzione per espettorazione sopravvenuta al fine della malattia facendo ordinato e regolarissimo corso di un vero catarro toracico. Il colore livido della cute in specie del volto delle braccia e dei piedi, oppure lunghe strisce e larghe e nerastre accompagnate da quasi completo letargo, hanno per lo più annunziato non lontana morte.

ARTICOLO II.

CARATTERE DEL MALE.

Febbre esantematica petecchiale tifoidea con flogosi gastro-enterica, e congestione nei nervi della midolla spinale è il nome col quale stimeremmo doversi distinguere la malattia in esame, credendo non potercisi opporre di avere ciecamente adottato una nomenclatura alla moderna qual è quella di GA-STRO-ENTERITE TIFOIDEA, in primo perchè certo che non è tale come vedremo; in secondo perchè nostro avviso è non ben oprarsi cambiando nomi quando con lieti modificazioni possa esprimersi quello stesso che si vorrebbe con un nome tutto affatto differente. E in verità esaminando la espressa denominazione si ha: 1.° che la malattia è una febbre della classe delle esantematiche, ma d'indole nervosa, o come dicevano gli antichi, maligna; cioè che inclina alla dissoluzione, alla cangrena: 2.° che cotesta febbre è accompagnata da flogosi gastro-enterica, la qual cosa intendo doversi tener diversa dalla vera infiammazione di coteste parti, come or ora vedremo: 3.° cho essa è sempre unita a congestione dei nervi spinali, e non a vera loro infiammazione, come pure di qui a poco osserveremo. Che poi sia la vera petecchiale una malattia esantematica, diversa dalle febbri gastriche, e dai tifi ne' quali le petecchie, se ne escano, son secondarie, ciascuno il sa, nè vi è d'uopo dimostrarlo , perchè ne convengono i medici e tutti gli scrittori. Che esista una flogosi nella membrana mocciosa del tubo gastro-enterico, chiunque ha con coraggio e attenzione osservato cotal malattia lo sa troppo bene, nè può dubitarsene ; che essa poi sia un' infiammazione direm secondaria , cioè non essenziale, lo dimostriamo così, e speriamo non ingannarci. Se essa dunque fosse qual si pretende da chi vuol dirla GASTRO-ENTERITE con grave danno della scienza e degl'infermi, dovrebbe serbare non solo i caratteri delle infiammazioni, i quali sono rossore, calore, tensione, dolore, gonfiore ec. ec. ma specialmente quelli propri della infiammazione di cotesto parti, quali sono in particolare intolleranza del più lieve tatto, anche delle più dolcificanti bevande; tensione, gonfiore dell'addome, seto ardente, e più tardi meteorismo, ec. Or chi sinceramente vuol dirla, confessar debbe che nulla di ciò avviene nella flogosi in esame , o almeno che ben lievi e per nulla costanti sono cotali sintomi; poichè dov'è il gonfiore dello stomaco, o dell'addome ? dove l'intolleranza del tatto, quando appena in alcuni debba ben premersi con la mano su cotali parti per dolersi, o per dir meglio, sentir l'infermo oppressione in esse? dove la intolleranza di qualunque bevanda? Debbe dunque conchiudersi che cotale infiammazione è secondaria , non essenziale: in altri termini, è ciò che alcuni patologi chiamano llato irritativo congestivo, e che noi ci siamo contentati appellar flogosi usando cotesto vocabolo per significar cotale stato di malattia, e serbando quello d'infiammazione dello stomaco, e degl'intestini oppure quello di GASTRO-ENTERITE alle vere ed essenziali infiammazioni di cotali organi. E perchè non cada ambiguità di sorta sulla nostra idea aggiungiamo, che valutiamo cotale flogosi nel modo medesimo di quella delle fauci, delle tonsille e del palato nella scarlattina, della membrana che veste le cavità del naso e i bronchi nel morbillo e simili, le quali cedono con lievi ajuti terapeutici antiflogistici, e più di ogni altro con la decrescenza del morbo attivo. Se dunque A PRIORI, come suol dirsi, crediamo dimostrata la verità della nostra assertiva, ci auguriamo poterlo ire ancora A POSTERIORI, e rendere in siffatta maniera completa la nostra dimostrazione. Ed in prima, il salasso copioso sovrano rimedio, anzi forse non a torto il solo sicuro nelle infiammazioni, appena nei primi giorni in qualche raro caso si è praticato, o in tale circostanza o perchè non ancora sospettar poteasi della natura del male; o perchè cangiar teneasi della flogosi in vera infiammazione, sia per temperamento dell'infermo, sia per soverchia attività del contagio; o perchè finalmente la irritazione indotta nel sistema irrigatore, anzi nella intera macchina era sì forte da impedir la eruzione, tenendo quella in violento stato spasmodico: che da ogni ben avveduto pratico si conosce; e ben si vince col salasso adoperato in circostanze siffatte ancora in ogni altro esantema febbrile. E qui alcun potrebbe oppormi aver dato in difesa del mio argomento la mia pratica medesima: al che risponderei, che nulla di male in ciò trova, quando siffatta pratica è stata seguita dal più felice successo; e quando del mio operato e delle mie osservazioni sto ragionando. Nondimeno a rendere completa la mia difesa, aggiungo che non è solamente la mia pratica, ma quella dei più illustri Maestri , che sostiene il mio assunto. Conosco io bene i diversi pareri degli scrittori dipendenti dai diversi sistemi che essi seguivano; ma conosco bene altresì, che i più scevri da servitù sistematiche, e i più sensati pratici sono del mio avviso. Il dovere di brevità imposto a me dalla natura del presente lavoro, mi obbliga a non produrre citazioni; pur non posso tacere del Borsieri, autore certo non sospetto, e in esso vedere con quale scrupolosità tratta sì delicata parte della cura della petecchiale, e come i suoi precetti concordano con la mia pratica. Così nel cap. X. De peticulis si legge, che esso, *per se sanguinis missionem non exigunt , neque facile ferunt , nisi aliquid accedat , quod eam petat. Sed tunc etiam moderata sit oportet et parca..... Largior enim aut iterata (come praticar si debbe nelle infiammazioni; ma nella petecchiale) non raro EXITIUM afferre visa est.* Vediamo ora con quali precauzioni, e in quali casi consiglia lo stesso autore il salasso, e così conchiudere so ben va il mio argomento. Dice dunque: *Attamen si plethorae signa non desint, si aeger aetate floreat, si bono corporis habitu gaudeat , si pulsus validi , magni , duri , vehementes VERE sint ; si dolor capitis acutus, assiduus et pulsans urgeat, aut respiratio difficulter ducatur cum pectoris pondere, dolore pleuritico , aut sputo cruento, et tussi sicca et molesta, tunc protinus inter initia, nempe PRIMO TEMPORE, SANGUIS E VENA PRUDENTI ET CAUTA MANU DETRAHATUR.* Nè qui terminano le cautele da sì egregio autore richieste, avvertendo ancora , che tante volte il polso duro non lo è veramente cedendo sotto lieve pressione, onde che in siffatto caso debbe considerarsi come irritato, e non come segno di pletora e d'infiammazione. Avverte dippiù, che neanche le forti doglie del capo debbono farci subito ricorrere al salasso, derivando esso tante volte da spasmo o stato convulsivo. Dopo ciò ritorniamo donde siamo partiti. Eccettuato dunque le mentovate circostanze, in tutte le altre, e in tutti gli altri stadi non mai abbiamo usato il salasso generale, e se voglia di singolarizzarsi, se ignoranza, se cieca deferenza ad alcun sistema l'han fatto prescrivere, se n'è avuta a deplorare l'uso o per la perdita dell'infermo, o per lo evidente peggioramento. Noi qui non difendiamo uno, o un altro sistema, una opinione, o un'altra, ma solamente esponghiamo i fatti nell'interesse della scienza, e della umanità: noi non intendiamo neppur col pensiero parlar di questo, o di quel Professore: noi rispettiamo tutti, tutti abbiamo per amici, tutti sinceramente stimiamo al di sopra di noi, e noi l'ultimo tra gli ultimi. Quindi non è quistione di onore, di gloria, di nome, perchè avesse ad entrarci l'amor proprio; solo è quistione del bene del nostro simile, de' nostri fratelli infermi, e della scienza, in quanto al suo vero progresso si appartiene, qual è quello di conoscersi la maniera di meglio curare i mali: e perciò mentre non vogliamo far torto ad alcuno, neppur vogliamo tacere o negar la verità, e perciò confidiamo, anzi teniam certo, che se alcun si trovi nell'errore, sinceramente e generosamente lo confessi, come ben disposti a ciò noi ci sentiamo, ricordandoci bene che l'errore è dell'uomo, l'ostinarvisi è da ignorante, e il ricredersi è da eroe. Forse che alcuni medici napoletani e anche esteri, meno quelli, che ebbero la sorte di non illudersi e cader nell'inganno, tra quali (taccio de' viventi, chè la loro modestia ne soffrirebbe) il mio defunto genitore , che operò quasi dirci portenti nell' Ospedale della Cesarea (ciò dico perchè egli non è più, perchè nulla può rifluir di onore su di me, perchè è cosa notoria, o perchè può perdonarsi ad un figlio gettar alcuni fiori bagnati di amare lagrime sulla recente tomba di amatissimo padre); forse dunque diceva tali medici non confessarono, e quel che è più non si ricredettero nel 1817 dell' errore di aver medicato la petecchiale con la china o altri calefacienti? oppure furono essi tanto più eroi , in quanto il loro fallo ora veramente madornale; poichè sarebbe bastato almen ricordare ciò che ne dice il già citato Borsieri, scrittore quanto grande , altrettanto comune a leggersi da ogni medico, il quale nel mentovato articolo giunge a dire, che se anche essa febbre sia accompagnata dai caratteri più chiari di febbre intermittente, pure mai curar non si debbe con la china. *Dum autem intermittentis , aut subintrantis speciem refert , maxime cum accessiones a frigore aut horrore incipiunt , sudoribus vero solvuntur, non modo juvenes medici (notate) verum etiam seniores in vanam spem origuntur, se posse cortice peruviano eam cito depellere; quod tamen si tentent, nunquam assequuntur: non enim ista, etsi intermiserit , corticis subjecta est facultati.* Dopo ciò ripigliamo la nostra pruova. Le infiammazioni della membrana gastro-enterica giovansi moltissimo delle bagnature refrigeranti, e abborrono dall'uso anche lieve del tartaro stibiato, e ciò è conosciuto da ciascun medico ; oppure tutto affatto diversa da tale pratica è quella della petecchiale. Nè qui vale opporre l'uso felice dei bagni, perchè è tutt'altro l'oggetto, o la maniera di amministrarli nella malattia in quistione, mentre non potrebbero essi giovare se fossero amministrati nella bassa temperatura nella quale si adoperano, e possono adoperarsi in quelle infiammazioni, e ciò senza calcolare che in quasi tutti gl'infermi, come da qui a poco farem vedere, si è potuto senza danno alcuno, e starci per dire con utilità, farne di meno. Inoltre le infiammazioni delle parti in parola difficilissimamente risolvonsi e guariscono senza l'uso dei salassi, massimo sulla regione gastrica, o su tutta la estensione dell'addome: ma affatto diversamente avviene nella petecchiale, nella quale ben raramente si è dovuto ricorrere, e parcamente a cotale mezzo. Finalmente quelle infiammazioni si sciolgono in un tempo più o men lungo giusta la natura, il temperamento e le altre circostanze dell'infermo, non che secondo la loro intensità: le flogosi in discorso per l'opposto sieguono perfettamente il determinato periodo della febbre: nelle prime gli esiti sono quelli di ogni infiammazione; in queste nulla si rinviene giammai che a tali esiti si appartenga. Sembra dunque abbastanza chiarito che la gastro-enterite non esista qual si pretendo primaria ed essenziale, sibbene secondaria, e sostenuta dalla materia del contagio, e che guarisce con lievi mezzi, e quali si convengono alla cura della malattia principale, il corso della quale siegue dappresso, e alla quale perfettamente si conforma.

Rimane ora a giustificare l'ultima parte della proposta denominazione; cioè la congestione nei nervi della spinale midolla. Che le malattie tifoidee siano sostenute o costituite da infiammazione delle guaine dei nervi, e delle membrane del cervello, noi con tutti i medici che sono al corrente della scienza lo ammettiamo, con alcune distinzioni però, delle quali non è qui il luogo e il tempo di parlare; ma che sieno nella petecchiale veramente infiammate cotali parti arditamente il negheremmo, se non fossimo dotati di temperamento e costume siffatto da preferire il proporre le nostre osservazioni non come certezze, ma quali dubbî a decidersi da' Professori, che ci compiacciamo ripeterlo, giudichiamo tutti a noi superiori. Osserviamo dunque, che le infiammazioni di quelle parti secondo il loro grado son caratterizzate dal maggiore o minore esaltamento delle funzioni sottomesse al dominio di quelle parti medesime, e in certi casi di profondissimo stato infiammatorio, a mio credere, da perfetta paralisi delle membra o degli organi retti da dette parti, accompagnata questa però mai sempre da uno stato di tensione, e in ciò diversa dalla paralisi per mero indebolimento, nella quale floscezza, rilasciamento, abbandono osservasi in dette membra. Ora nulla di cotali cose si vede nella petecchiale, nella quale lieve ottenebrazione de'sensi interni, raro delirio, soliloqui rari, taciturnità più che loquacità, e sottovoce più che furiosamente, sopore frequentissimo: in somma raro è il disviamento mentale, e rarissimo che non sia lieve, tutto annunziando oppressione: lingua retratta in dietro, e quasi ingrossata, voce quasi *ganglosa*, assai spesso impedimento di libero passaggio dell'aria per uno stato d'ingrossamento delle membrane della gola, respiro oppresso, e profondamente sospiroso: funzioni addominali sovente in silenzio e per ben molti giorni, le cutanee del pari: rarissimi i convellimenti delle membra, spessi tremolii di esse, frequentissima la massima prostrazione delle forze. Noi in tutto ciò non sappiam vedere conseguenze d'infiammazione nervosa, ma sì di congestioni: col fatto ne siamo restati convinti, e lo saremo fino a che diligenti e dotti osservatori con la ragione e col fatto non ci convincano del contrario. Ma poi è vero che il fatto ha sanzionato la nostra opinione? Parci di sì. In effetto le deplezioni sanguigne massime locali, che nel caso di vera infiammazione esser debbono costanti e numerose, noi le abbiamo praticate assai scarse, e nel modo non solo da cavare poco sangue, ma molto più da eccitare i liquidi al moto, e l'abbiam ottenuto, come vedremo nella esposizione del metodo curativo. Dippiù il rossore e la secchezza della lingua, dopo che 1 miglioramento era ben proceduto, non potevano rimanere nello stesso grado nel caso d'infiammamento: l'opposto è avvenuto nella petecchiale; dunque, è l'impedito circolo umorale che li sostiene, in altri termini è una residuale spasmolia: nelle infiammazioni può l'asciuttezza o il rossore della lingua togliersi senza la risoluzione, e senza l'uso delle bevande delle raddolcenti e refrigeranti? Eppure nella petecchiale non è stato così; perchè (ripetiamo però che qui trattasi del rossore e secchezza residua, dopo ottenuta la risoluzione del male) noi li abbiamo vinti in due o al più tre giorni col brodo, e anche con poco cibo farinaceo, in somma coll'avviar l'infermo con prudenza all'uso del cibo. Nelle vere infiammazioni i polsi alti, duri, vibranti non sono certamente segno di miglioramento, come senza dubbio lo sono i polsi molli, bassi, cedevoli, larghi, aperti — al contrario nella petecchiale, nella quale allorchè ne' giorni alti, i polsi diventano molli, bassi, cedevoli l'ammalato è in evidente pericolo, com'è quasi certa la sua salvezza, se sotto li opportuni rimedi quelli si rialzano, diventano grandi e vibranti. Nè dicasi che il pericolo di quello stato ora mentovato dipenda dalla diatesi cangrenosa che si minaccia; poichè chi ha ben veduto cotali infermi sa bene che nello stato di cui si parla non è neppure a sospettarsi di cangrena: e di fatto quasi certamente guariscono in tale circostanza coll'uso ordimentoso per la quantità delle polveri di James accompagnate da leggieri brodi, la qual cosa non potrebbe in conto alcuno avvenire nello stato dissolutorio, o cangrenoso che voglia nomarsi, nel quale da niun medico si ardisce amministrare le dette antimoniali polveri; dovecchè al contrario allorquando davvero si tocca cotesto pericoloso stadio, l'ancora sacra e l'unico rifugio è l'acido solforico.

Dopo ciò sembraci sufficientemente giustificata la denominazione per noi assegnata al morbo petecchiale, che ne piace riassumere in poche parole, perchè scrivendo noi pel vantaggio della scienza e della umanità, non può tal nostro lavoro esser di uso se non che a' giovani medici, a' quali importa la chiarezza, onde lo intelletto non rimanga defatigato, e la memoria ne venga sollevata. Abbiam dunque detto tal malattia morbo esantematico per distinguerlo dalle febbri gastriche o tifoidee, nelle quali le petecchie, allorchè ve ne appariscono, son conseguenze della febbre, e per darle il carattere contagioso, quale hanno tutti gli altri esantemi febbrili: le abbiam dato l'epiteto di tifoideo per notare, che i nervi vi prendono parte intercessantissima, e che vi esiste decisa inclinazione alla dissoluzione: abbiamo soggiunto con flogosi gastro-enterica, per indicare che le membrane delle fauci, del ventricolo e degl'intestini sono invase dalla materia contagiosa, e perciò sono infiammate; ma che siffatta infiammazione appunto per tale ragione non è essenziale; ma siegue perfettamente il corso della malattia principale eruttiva, e non quello de' mali infiammatori, sicchè termina essa con lievi ajuti antiflogistici, non quali si converrebbero a vere infiammazioni, e con l'uscita ed evaporazione della materia morbosa: abbiamo in fine detto con congestione dei nervi spinali; perchè l'attacco nervoso, che campeggia in cotesto terribile male fosse stato distinto dalle infiammazioni di coteste parti, avendo esso tutt'i caratteri delle oppressive congestioni: ci siamo poi un poco trattenuti a dimostrare la verità delle

ue ultime distinzioni, importando moltissimo nella pratica,
ovendo l'una o l'altra specie esser curata diversamente, e
otendo il menomo errore costare la vita all'infermo. So poi
ssai bene che oggigiorno si pretende da alcuno assogget-
ire le infiammazioni ad uno stesso metodo curativo non ri-
onoscendosi più le cagioni materiali, ma so ancora esser ta-
idee esclusive di pochi, e col maggior numero so pure
uanti storpî e incurabili omai, perchè le infiammazioni ve-
eree con i soli antiflogistici loro sono stale curate; quanti
felici malaticci, perchè una risipola qual comune infiamma-
ione fu medicata; quanti figliuoletti vecchi già nel fiore della
ioventù, perchè i morbilli quali infiammazioni semplici fu-
ono trattati; e quanti infine han subito il fato estremo, per-
bò così curati dei loro infiammatori specifici malori: fatta
erciò astrazione di cotale opinione, noi abbiamo creduto, col
ulto di grandissimo numero d'infermi per noi (possiamo fran-
omente dirlo) felicemente curati, stabilire e sostenere quelle
nportantissime distinzioni.

Dopo ciò facciam passaggio al terzo articolo, il quale men-
e completa il nostro picciolo lavoro, forma la solenne pruova
el nostro assunto.

ARTICOLO III.

METODO CURATIVO.

Lungi l'animo nostro da ogni prevenzione sistematica, fe-
ci per essere stati educati da un padre il cui valore è ab-
astanza noto non solo per la brillante figura da sè fatta nella
nglissima sua carriera nella R. Università degli studi, ma
ncora nel vieppiù lungo esercizio della medicina; fortunati

per essere stati istruiti da' Professori illustri (fu signor Folinea , e Signori Commendatore Ronchi e Cavalier Wulpes) ci siamo mai sempre impegnati con tutte quante le nostre forze , e tutta la possibile attenzione a conservare ed impiegare i ricevuti insegnamenti osservando le malattie quali ci si sono presentate, e non quali le avrebbe vedute una fantasia alterata , o una mente preoccupata. Con siffatta norma abbiamo' sinora tenuto parola della febbre petecchiale , e con essa ne abbiamo dirette le cure , che senza tema di presunzione possiamo assicurare (perchè potrem provarlo se fosse d'uopo) essere riuscite felicissime , mentre in settantasei infermi finora (Decembre 1838) curati nell' ospedale della Cesarea, ne sono morti dieci , locchè sarebbe molto in ordinarie malattie , ma non in quèsta pericolosissima ; molto in case particolari , non negli ospedali , ne' quali giusta il barbaro uso del nostro paese i poveri ammalati vengono trasportati a malattia inoltratissima , spesso moribondi , e dopo che per ben molti giorni son essi languiti combattendo tra la miseria, e il male inteso rossore di curarsi nell' ospedale , medicati Dio sa da quali medici, usando chi sa quali medicamenti, o nulla, e mangiando almen qualche cosa tutt' i giorni; poichè la santa carità che fredda giace in certi cuori, s'infiamma poi quando lungi dal giovare all' infelice che langue, lo mena in vece in più triste stato, sotto la curiosa scusa di ajutar il povero infermo , non già con buoni e netti pannolini, con buoni medici, con migliori medicamenti, ma sì col cibo, e se occorre anche con buon vino. Ma lasciando coteste e altre osservazioni notissime a chiunque conosca il nostro volgo, e i nostri ospedali, nel fatto nostro abbiamo a notare, che tra i morti ne abbiamo uno , che venne condotto sì male che solo due giorni visse , un secondo ivi trasportato dopo essere stato per undici giorni in un *sottoscale* dove appena appena entrava una tavola con un poco di paglia, ivi giacente seminudo, senza coperture, con serratura che libero lasciava l'adito all'aria e al vento, senza medici e senza rimedî, e solo avendo pia Signora, la quale ignorando la vera malattia, e credendo trattarsi di malsanie prodotte dalla indigenza, lusingavasi soccorrerlo dandogli la mattina una zuppa in brodo con carne lessa; e che si avvide dello sbaglio, allorchè seppe che l'infermo non più parlava, ed era affatto privo de' sensi, onde condotto all'ospedale in sì grave condizione non valsero i più pronti ed energici ajuti per fargli riacquistare almeno il più piccolo sentimento, in maniera che vi fu d'uopo mandare persona in detta casa per averne le notizie necessarie onde iscriverlo nei registri dello Stabilimento. Un terzo che era in sua casa da più mesi con incompleto tetano, di modo che non poteva piegar anche lievemente la colonna vertebrale in alcun senso. Dei sette rimanenti tre morirono dopo cinque giorni di ospedale, tre dopo sei, ed uno dopo sette. Degli altri infermi curati per la Città, e che sono circa i cento, ne ho perduto sei: e tra essi una buona figliuola dimorante alla salita di Pontecorvo, che si morì dopo guarita della febbre per cangrena di uno de' vescicanti applicati ai femori nel corso del male.

Dopo ciò troviamo ancora utile osservare, che in niuna malattia abbiam trovato così rigorosamente vero ciò che dicono due illustri scrittori, uno G. P. Frank nel suo trattato del modo di curar le malattie nell'articolo sul vomito, e l'altro il mentovato Borsieri nell'articolo *De peticults* delle sue istituzioni di medicina pratica, quanto appunto in questa. Dice il primo: *Spesso in uno stato grave di cose è sembrato a non pochi medici, che si scherzasse vedendo opporsi da noi lievi rimedi a grandissime malattie, ma l' esito felice coronò cotesto metodo, e coloro che attaccarono le malattie con stimolo più ardito le resero sempreppiù gravi e recalcitranti*....... E la ragione n'è pur troppo chiara a chiunque voglia por mente al disturbo, al disquilibrio, e mi sia permessa la espressione, allo sbalordimento delle forze vitali tanto più grande, quanto è maggiore e più grave la malattia, onde sono esse assai mal disposte, e mal atte a reagire alle molliplici azioni di complicata terapia. Il secondo poi così si esprime. *Cum vero natura, ut vera morborum curatrix, sibi primum locum vindicet, simplicissima certe methodo uti expedit, quae ei quidem auxilietur non imperet. Experientia enimvero saepissime demonstravit, eos, qui naturae rem omnino commiserunt, felicius, faciliusque de morbo triumphasse.* E poi aggiunge molti esempi, di epidemie frà le quali son rimarchevoli quella di Torino, in cui non si trovò miglior rimedio di quello di non amministrarne alcuno, e quella di Vienna, in cui non si rinvenne altro rimedio, che il siero di latte, confessando Storck, che ove esso non giovò, neppure altri rimedi giovarono. Convinto quindi di cotale verità stabilii il seguente metodo curativo. Qui però a non di gustare alcuno, che tratto dal giovanile fuoco fosse troppo sollecito a giudicarmi, avverto, che siffatto metodo è stabilito, come ogni altro nelle pratiche istituzioni, voglio dire che fu esso la norma che ne guidava, accompagnato dalle varie modificazioni richieste dai singoli casi, come in parte si vedrà. Tal metodo dunque fu ipecacuana ripetuta nei primi giorni non solamente per evacuar lo stomaco dei materiali alterati, e spesso dirci quasi da colluvie di bile sovente color verde-rame o porracea, come suole appellarsi; ma ancora per vieppiù prestamente e abbondantemente determinare alla cute la eruzione petecchiale. Rare volte alterazioni e saburre intestinali hanno richiesto l'uso di qualche purgante, cui ho scelto tra gli oleosi, e rarissimo poi in tale stadio la forte durezza e pienezza de' polsi, il grande riscaldamento e l'arrossimento del volto una con quello dell'albuginea sono stati in tal grado da permettere con sicurezza il salasso generale.; mentre (e sia questa la pruova non già di esser io seguace di un caduto sistema ; sibbene di essermi assai impegnato di non divenirlo ciecamente di alcuno, e farmi guidare dalla sana non prevenuta e ragionata esperienza, senza della quale la medicina *prorsus exulare satius esset*, come diceva saviissimamente Sydenham nel luogo citato in principio); mentre, ripeto, avendo per fermo esser la petecchiale una malattia eruttiva, infiammatoria si, ma con materia da espellersi dalla macchina, la quale materia lo stato infiammatorio sostiene, e per la quale espulsione vi è senza fallo mestieri non già di eccedente, bensì di giusta forza ; mi son guardato diminuirla nel tempo del maggior suo bisogno , sempreché chiaramente non l'abbia vista in un vero stato di eccedenza. Prescrivo quindi ancora io il salasso, e l'ho prescritto in cotesta malattia , come nel vajuolo, nel morbillo, nella scarlattina , nella gotta, nella risipola e simili ; ma quando ? o allorché la pletora impedisce, invece di favorire la eruzione ; o quando la infiammazione è sì forte , che minaccia la vita o gravissimo dissesto, prima che il corso determinatole dalla natura con ammirabile esattezza sia compiuto. A tal proposito mi si permetta il seguente racconto. Fu curioso poco fa al sesto giorno di una scarlattina che soffriva un ragazzo di distinta famiglia, udire un giovane medico spaventato dal rossore del volto e dal gonfiore delle fauci con energica e comune espres-

sione propormi GENEROSO SALASSO ONDE DEPRIMERE LE SOVER-
CHIE FORZE, E ABBATTERE COSÌ LA DIATESI INFIAMMATORIA : al
che freddamente rispondevasi da me non esser necessario ,
perchè cotalo stato infiammatorio non era tale da danneggia-
re il piccolo infermo nel breve periodo di poche altre ore,
chè l' indomani certamente ne avrebbe visto notevole dimi-
nuzione , mentre col salasso non men della vita si sarebbe
potuto rischiare: ed in fatto con sorpresa sua e di non poche
ragguardevoli persone videsi bene avverato il miglioramento
promesso. Il salasso adunque è stato da me praticato ne'veri
casi , ne' quali con quella probabilità , senza della quale il
medico non deve , nè può impiegare alcun rimedio , ho giudicato poter esso riuscire non solamente innocuo , ma bensì
profittevole. Non così de'salassi locali ho io giudicato. Sicuro
che una congestione per lo più sanguigna nelle membrane
del capo e de'nervi spinali forma il principale stato patologico
di cotesta malattia, in qualunque stadio di essa gli ho adoperati:
ho preferito poi pressochè sempre alle sanguisughe le coppe
scarificate applicate alla nuca e in mezzo alle spalle , perchè
ho creduto quel succhiamento forte da esse operato, e quella
scossa che ne riceve la parte poter meglio riuscire a scio-
gliere la mentovata congestione, e ho avuto quasi sempre il
piacere di vedere risvegliate le assopite funzioni intellettuali,
e restituita allo stato normale la loquela potrei dire costantemente offesa in cotal male: nelle poche volte, nelle quali cotesto salasso non ha conseguito tutto il suo effetto l'ho replicato
con le mignatte alle apofisi mastoidee. Nelle complicazioni flo-
gistiche epatiche, che talune volte si sono associate al male,
l' applicazione delle sanguisughe all'ano o alla regione del
fegato è stata con vantaggio adoperata. Non ho avuto bisogno se non che alcune rarissime volte ricorrere alla medesima

applicazione sulla totalità dell'addome per oppormi allo stato irritativo del tubo gastro-enterico; perchè le cure interne sono state sufficienti a vincerlo. Ho quasi sempre impiegato gli epispatici sì nel principio, che nella fine della malattia; in quello per facilitare la eruzione, in questa per impedire gl'interni depositi frequentissimi in cotal periodo, come da qui a poco diremo. Ricordevole de' mirabili effetti ottenuti dal bagno adoperato dal fu mio padre nel 1817, epoca che, come ho detto, onorò la sua pratica, avendo perduti ben pochi infermi nell'ospedale della Cesarea tra un numero immenso per quello Stabilimento che n'ebbe a curare, sicchè illustri nostri Professori ne proclamarono dalle cattedre solenni lodi, e il mostrarono modello a' giovani medici in quella luttuosa circostanza, nella quale chiamavasi ben fortunato quel medico, che salvava alcuni de' suoi infermi; io volli impiegarlo ne' primi tempi della epidemia; ma atterrito dai funesti effetti che ne ebbi (giacchè tra i dieci accennati morti nell'ospedale sette lo usarono, e tra i sessantasei guariti soli tre lo adoperarono), atterrito dunque da sì triste risultamento lo eliminai quasi del tutto. Molto potrebbe dirsi, onde spiegare la non felice riuscita di cotesto eroico rimedio; ma perchè ricordo, come or ora diceva, il contrario esser avvenuto nel 1817, debbo confessare non saperne intendere la ragione, e limitarmi a dire, che bisogna attender bene e con tutta la possibile avvedutezza alle varie costituzioni epidemiche, appunto perchè spesso avviene per circostanze ignote che rimedi portentosi in una, sono micidiali in altra, come spessissimo la Storia, e i Padri della Medicina ne ammaestrano.

Dopo ciò passiamo a dar conto della restante cura da noi usata: amministrata dunque una o più volte la ipecacuana, e come ho detto, se occorreva qualche lieve purgante, fra i quali sovente l'olio di ricino, ci contentavamo ne'casi men gravi prescrivere nelle ore vespertine l'acetato ammoniacale con nitro, acqua di sambuco e sciroppo di viole, alternandone l'uso con le limonee: nelle altre circostanze poi, se polsi pieni e duri osservavamo, amministravamo la soluzione del tartaro stibiato nell'acqua destillata de'fiori di sambuco, e sciroppo ; ne'casi nei quali la lingua era coperta di lieve velame biancastro, ci contentavamo associarvi il solo nitro; laddove tale sporchezza era in molta densità, aggiungevamo ancora non piccola quantità de'fiori di sale ammoniaco; se alle mentovate condizioni dei polsi vi si univa (ciò che non rado volte si osservava) forte tensione, che da me fu considerata come uno stato convulsivo o spasmodico che voglia dirsi, allora usavamo di unire alla detta soluzione generosa dose di estratto di lattuga sativa. E qui il dover nostro ci chiama ad importante riflessione. Vedesi oggi dalla gioventù pressochè sempre adoperata la miscela dell'acetato ammoniacale alla mentovata soluzione, sul che io domando, che cosa intendesi ottenere con tale unione? Forse un'azione più decisa verso la cute? Ebbene, se dessa è sufficiente, se i polsi sono bastantemente alti, se la cute è abbastanza calda, a che spingere vieppiù ? a che aumentare sul sistema cutaneo un'azione già troppo forte ? a che perdere quasi dirci il valore deprimente, e refrigerante della soluzione semplice del tartaro stibiato, facendole acquistare con tale aggiunzione almeno ne'primi tempi dell'amministrazione un'azione dirò movente e perturbatrice? Nè siavi chi nieghi cotesto accresciuto movimento ; poichè basta osservare diligentemente e spregiudicatamente gl'infermi assoggettati all'uso di essa per osservarvi i polsi più elevati, il calore del corpo accresciuto, il colorito del volto vivace e rubicondo (1). Si vuol forse ottenere da siffatta composta soluzione un effetto risolvente ? Sia pure : ma quando ciò può aspettarsi ? Ciascuno iniziato appena nella pratica sa, non potersi ottenere risoluzione, se prima non sia indotta nella macchina quel rilasciamento, e quella calma senza della quale non può mai quella avverarsi: in altri termini, giammai può ottenersi la risoluzione in discorso parlando con gli antichi senza la dovuta cozione. Conchiudo quindi che cotal miscela, avendo una particolare e speciale azione, non debbe sempre e indistintamente adoperarsi. Altra miscela suole ancora indifferentemente usarsi ; cioè le tanto decantate polveri risolventi di Frank: crediamo cotal maniera di cura pure malamente usata, massime nella malattia, della quale parliamo. Fu mente di quell'egregio e dottissimo uomo consigliare un rimedio che potesse risolvere le congestioni in specie addominali, fossero mucose per cagioni frequentemente reumatiche, fossero biliose, o stercoracee, e ciò per le vie inferiori, e risolverne altre di più lontane parti, facendo un centro di moto sul tubo intestinale. Ciò solo basterebbe per indicare in quali circostanze e in quali casi puossene con vantaggio farne uso, e quindi stabilire, che neppure cotesta miscela debba indistintamente impiegarsi: ma nella petecchiale vi è dippiù ; facendo con l'uso inconsiderato, e spesso an-

---

(1) Non vorrei che alcuno mi accusasse di aver dato un potere eccitante all'acetato ammoniacale: son troppo lungi dal pensare in siffatta maniera. Ho detto solamente, e l'intendo nei limiti della pratica, che la unione dell'acetato di ammoniaca col tartaro stibiato induca ne' primi tempi dopo la sua amministrazione un movimento e un'agitazione nella macchina, che render debbono il suo uso applicabile in date circostanze, e in alcuni casi, e proprio in quelli, ne' quali cotal movimento non possa diventare nocivo ; qualunque poi sia il valore dinamico di cotesti medicamenti uniti insieme.

che abbondante di cotal rimedio un punto centrale di azione sul tubo enterico, viensi a maggiormente irritar la membrana che lo riveste, troppo già irritata dalla natura del male, e viensi a deviare quella tendenza espultrice verso il sistema cutaneo, nel ben regolato cammino della quale sta riposto tutto il felice esito di cotesto pericoloso morbo. Noi forse non c'illudiamo se teniamo fatali essere stati non pochi casi inconsideratamente, e copiosamente trattati sin da' primi giorni con siffatte polveri. Speriamo, che lungi dal prendere in mala parte coteste nostre riflessioni, vogliano i giovani medici credere esser mosse da purissima intenzione, qual è quella d'indirizzarli al retto sentiere, e al felice esercizio della loro professione, facendoli maisempre sovvenire, che tutte quante sono le loro cure, quanti che sieno i loro travagli e i loro studi, nulla mai saranno, se non sieno diretti a ben trattare e guarire gl'infermi, unico e vero scopo della Medicina: in ogni modo possiamo noi ingannarci, e facilmente possiamo, ma per ciò le nostre intenzioni non resterebbero men pure, e unicamente surte dal desio del vero progresso della medicina, e della maggiore possibile probabilità della guarigione dei poveri ammalati.

Continuiamo ora la esposizione del nostro metodo curativo. O che per l'uso della mentovata soluzione, o che sin dal principio i polsi si mostrassero molli, bassi e piccoli, e la persona avvilita, lurida nel volto, assai prostrata nelle forze, noi arditamente abbiam usato le polveri di James. Esse poi abbiamo amministrato con le seguenti norme: se grave e vicino correva il pericolo, con attività e a non piccole dosi; se tempo il male mostrava accordare, a piccole dosi e a più lunghi intervalli, sempre poi se ne diminuiva l'uso, appena che si vedevano i polsi rialzati, la cute riscaldata, il

colorito del volto animato (ed ecco la pruova per me an-
nunziata del non esser questo morbo veramente infiammatoria ; perchè qual'è di cotal genere che in via di miglioramento presenta simili sintomi ?) e così a poco a poco di
pari passo col miglioramento si allontanàvano i tempi dell'amministrazione del rimedio togliendolo affatto anche se res:-
dua piccola febbre persisteva, e sostituendovi sino alla perfetta guarigione la mentovata soluzione di acetato di ammo-
mouiaca col nitro; o amministrandone una, o al più due dosi al giorno, se prestamente la febbre si avviava al suo termine. Il più delle volte la ridetta polvere si è accompagnata con brodi leggieri : se però la secchezza della lingua ,
e il suo arrossimento erano forti assai, invece si accompagna-
va con la idrogala asinina alternata con la emulsione dei quat-
tro semi freddi e sciroppo di viole. La unione del calomela-
no alla detta polvere non è stata infrequente, e propriamen-
te si è eseguita ne' seguenti casi ; cioè, o allorquando esiste-
vano sporchezze addominali aununziate da quella della lingua ; o quando la regione del fegato presentava sensazione
dolorosa, la quale poteva presumersi prodotta da ridondan-
za di bile , quante volte la lingua mostrava la suddetta
condizione ; o dall' espansione della irritazione gastro-enterica : e tal miscela si adoperava per le note ragioni su-
gli effetti e sulla maniera di agire di quel rimedio. Rimane
ora a dire in ordine al metodo curativo, che allorquando segno si vide annunziante uno stato cangrenoso andare a sta-
bilirsi, come p. e. la condizione de' polsi propria di cotale
affezione , e qualche macchia o striscia nerastra in alcuna
parte del corpo; allora subito sospeso ogni altro medicamen-
to si assoggettava l' infermo alle frequenti bibite della limonea minerale preparata con acqua destillata dei fiori di sam-

buco, acido solforico sufficiente per una grata acidità, e sciroppo. Su cotesto argomento poi santo la necessità di esporre altro mio pensamento. Coloro a' quali piace considerare cotesta malattia sotto la idea, che si concepisce dalla nota espressione di gastro-enterite tifoidea, dimenticano trattarsi di malattia eruttiva ; di malattia cioè nella quale, anche ammessa la vera infiammazione della membrana che tapezza il mentovato tubo, è sempre a considerarsi la espulsione della materia contagiosa, e che quindi come abbiam detto di sopra giammai va ben curata come pura e semplice infiammazione , e perciò a creder nostro è erroneo e sommamente pericoloso trattarla con la esclusiva e indistinta amministrazione della ridetta limonea.

Ciò è quanto si appartiene alla cura: passiamo ora a dire due parole sulla risoluzione di cotal male, e sulle conseguenze più frequentemente osservate nella epidemia in esame . Sotto l'azione delle polveri di James spessissima è stata la crisi per meravigliosa copia di urine : non poche volte per sudore : sovente poi la malattia è rimasta vinta a poco a poco e senza visibile crise, anzi furono notabili due casi, che son quelli di sopra citati, creduti sicuramente letali, ne'quali il sopore appena vinto da qualche domanda a forte voce, che l'infermo data risposta alla meglio ritornava nello stato medesimo, con giacitura supina, e senza avvertenza sui bisogni naturali. In uno durò tale stato diciannove giorni; nell'altro diciassette, come si accennò altrove. In essi però i polsi avevano mostrato, sebbene in piccolo grado, il solito rialzamento dietro l'uso delle ridette polveri, la fisionomia si era alquanto animata, e il calore del corpo aumentato; cosicché da tali buoni segni giammai ebbi il cuore privato della speranza di salvarli, come la Dio mercè avvenne: e fu curioso nel primo, che in una mattina osservatelo, e ravvisato nel polso notabile miglioramento il chiamai, e l'interrogai come la passava, e per risposta n'ebbi *ho fame*. Prescrissi allora una leggiera zuppa; il giorno lo trovai seduto in letto , e nel vedermi alla porta d'ingresso cominciò a chiedermi da mangiare, e così con incredibile rapidità interamente si ristabilì. Tali casi poi m'istruirono 1.° che in tale morbo o che si migliora, o che si rimane per qualche tempo nello stato medesimo, non debbe perdersi il coraggio, nè cangiar metodo, ma solo moderarlo se gli effetti di sopra mentovati siensi avuti, o rinvigorirlo se non siensi ottenuti : 2.° che forse in ciò sta una delle ragioni , onde spesso in cotesta epidemia si è veduto gl'infermi ricchi perire , e i poveri e più abbandonati salvarsi ; dacchè quanto più credesi importante la vita di alcun di coloro, tanto più si è impaziente di attendere i lavori salutari, e spesso lenti della natura ; sicchè importunati i poveri medici dalle voci degli astanti, e molto più dei dilettanti di medicina, de'quali sventuratamente vi è copia, amministrano un altro rimedio oggi, un altro ne cangiano domani, uno ne aggiungono il giorno dopo, e disturbasi in fine l'azione naturale, e l'infelice infermo per soverchio amore , e mal intesa premura si avvia a veloci passi verso quella tomba, la quale forse la natura , essa sola avrebbe a lui evitata : imparai in terzo luogo da cotesti e da altri molti casi, che la secchezza della lingua dopo che tutti gli altri sintomi della malattia son cessati , lungi dall'esser segno di permanente flogosi, come da alcun tenacemente vuol credersi , non è che di un resto di spasmo convulsivo pel quale viene impedita la libera circolazione degli umori della bocca. Sono stato indotto a pensar così dall'aver costantemente veduto, come ho detto altrove, svanire in due o tre giorni al più cotal secchezza accordando con proporzione prudentemente crescente qualche cibo. Così operando posso francamente asserire di non avere avuto a combattere quelle lunghe convalescenze e debolezze tanto frequenti nelle pericolose malattie acute , massime allorchè vuolsi persistere nelle per altro bene indicate e bene adoperate cure deprimenti, anche dopo ottenuto da esse quella calma , e quel rilasciamento troppo desiderabile · per vincersi cotali mali.

Le macchie petecchiali per lo più piccolissime, e di color livido sonosi rese color ROSA FORTE, e poi son gradatamente svanite: ne'tristi casi o sono presto scomparse, o fatte più grandi e livide hanno annunziato ancor esse il peggioramento, o la cangrena ; e finalmente in tali casi il colorito livido di alcune parti del corpo ha di poco preceduto la morte, sebbene non di rado sia tale stato rimasto, vinto dalle sollecite e abbondanti bibite dell'accennata limonea minerale.

Da ultimo a compimento di coteste quali che siensi mie idee, ripeto ciò che ho detto in principio; di avere cioè spesso osservato nella fine del male apparire la tosse , che subito acquistando 'il suono e il carattere di catarro toracico al secondo stadio ha dato luogo ad espettorazione di muco concotto, e cui io ho tenuto per critico, e ho trattato con qualche nauseante nelle ore della mattina , con piccola quantità di latte nella sera , e con qualche vescicante.

Ecco terminato il mio povero lavoro. Esso è stato eseguito con la massima rapidità avendo pensato , che se illustri Professori lo giudicassero capace di stabilire nell'animo dei giovani una pratica esatta e vera, e quindi per loro mezzo fosse comunicato ad essi, ai quali veramente è diretto, sarebbe più facile riuscito persuaderli della verità, che se io d'rettamente avessi loro parlato. Ho creduto perciò inutile discendere a ragionare partitamente delle cose in esso trattate, perchè a chi ben sa e intende poco debbe dirsi, non così quanto a' giovani ed inesperti. Inoltre esso è stato fatto , come più volte ho detto , a solo fine di giovare la scienza e la umanità ; quindi debb'esserne escluso ogni altro, niuno eccettuato. Che se non vi riesca, la cortesia de' miei compagni spero non voglia ascriverlo a colpa di volontà , sibbene alla piccolezza dell'ingegno mio ; se poi qualche vantaggio se ne potrà ottenere, sarò glorioso di aver se non altro fatto risparmiare con la lettura di non poche opere, e con la osservazione di non pochi infermi un tempo già troppo piccolo per la brevità della vita , e troppo ancora per la lunghezza dalla medicina, come con spirito e filosofia diceva Daniele Sennerto in una lettera al Principe Federigo di Norvegia, con che piace chiadere coteste poche linee. . . . *Etenim si vitae humanae spatium et curriculum perpendamus, infantia nugis, adolescentia voluptatibus maximam partem consumitur: tantulum quod restat aetatis, neque id totum, seriis negotiis impenditur , et ubi vix recte discere incepimus, plerique e vita abripimur, et lampada aliis tradere cogimur. Ars medica contra tam longa et ampla est, ut fere infinita videatur.*